* un petit livre d'argent *

Le Lièvre et la Tortue

Texte de Jean de La Fontaine
Illustrations de Romain Simon

DEUX COQS D'OR

Rien ne sert de courir ; il faut partir à point :
Le Lièvre et la Tortue en sont un témoignage.
« Gageons, dit celle-ci, que vous n'atteindrez point
Sitôt que moi ce but. – Sitôt ? Êtes-vous sage ?
Repartit l'animal léger :
Ma commère, il vous faut purger
Avec quatre grains d'ellébore.
– Sage ou non, je parie encore. »

Ainsi fut fait ; et de tous deux
On mit près du but les enjeux :
Savoir quoi, ce n'est pas l'affaire,
Ni de quel juge l'on convint.
Notre Lièvre n'avait que quatre pas à faire,
J'entends de ceux qu'il fait lorsque, prêt d'être atteint,
Il s'éloigne des chiens, les renvoie aux calendes,
Et leur fait arpenter les landes.

Ayant, dis-je, du temps
de reste pour brouter,

Pour dormir et pour écouter
D'où vient le vent, il laisse la Tortue
Aller son train de sénateur.

Elle part, elle s'évertue,
Elle se hâte avec lenteur.

Lui cependant méprise une telle victoire,
Tient la gageure à peu de gloire,
Croit qu'il y va de son honneur
De partir tard. Il broute, il se repose,
Il s'amuse à toute autre chose
Qu'à la gageure. À la fin, quand il vit
Que l'autre touchait presque au bout de la carrière,

Il partit comme un trait ; mais les élans qu'il fit
Furent vains : la Tortue arriva la première.

« Eh bien ! lui cria-t-elle, avais-je pas raison ?
De quoi vous sert votre vitesse ?
Moi l'emporter ! et que serait-ce
Si vous portiez une maison ? »

Le Loup et l'Agneau

Texte de Jean de La Fontaine
Illustrations de Romain Simon

La raison du plus fort est toujours la meilleure :
Nous l'allons montrer tout à l'heure.
Un Agneau se désaltérait
Dans le courant d'une onde pure.

Un Loup survient à jeun, qui cherchait aventure,
Et que la faim en ces lieux attirait.
« Qui te rend si hardi de troubler mon breuvage ?
Dit cet animal plein de rage :
Tu seras châtié de ta témérité.

– Sire, répond l'Agneau, que votre Majesté
Ne se mette pas en colère ;
Mais plutôt qu'elle considère
Que je me vas désaltérant
Dans le courant,
Plus de vingt pas au-dessous d'Elle ;
Et que par conséquent, en aucune façon,
Je ne puis troubler sa boisson.

– Tu la troubles, reprit cette bête cruelle ;

Et je sais que de moi tu médis l'an passé.

– Comment l'aurais-je fait si je n'étais pas né ?
Reprit l'Agneau ; je tète encor ma mère.
– Si ce n'est toi, c'est donc ton frère.
– Je n'en ai point. – C'est donc quelqu'un des tiens :
Car vous ne m'épargnez guère,
Vous, vos bergers, et vos chiens.

On me l'a dit : il faut que je me venge. »

Là-dessus, au fond des forêts
Le Loup l'emporte, et puis le mange,
Sans autre forme de procès.